小鞋匠和老鞋匠

心灵教科书绘本系列

〔日〕楠茂宣/著　〔日〕泽野秋文/绘　田秀娟/译

海豚出版社
DOLPHIN BOOKS
CICG
中国国际传播集团

yu

这里是乌托邦王国。

都城附近的一个小镇上，
有一家很棒的老鞋店。
这家老鞋店有很多古老的传说。
比如说，
猫穿过这家店做的长靴；
比如说，
小矮人们夜里来这家店做过鞋子。

老鞋匠森贝尔手艺高超，
他做的鞋子在镇子上非常受欢迎。

不过，那是很早以前的事情了。
现在，他的儿子艾迪做的鞋子时尚又好看，
比森贝尔做的鞋子受欢迎多了。

"我喜欢鞋子上亮闪闪的装饰！"
"哇，好可爱！多美的蝴蝶结啊！"
大家纷纷说。
艾迪费尽心思做的漂亮鞋子
被抢购一空。

"喂，爸爸，怎么样？
还是我做的鞋子卖得好吧！"
"……"

"爸爸，虽然我不知道
您这是给谁做的鞋子，
但是，您能不能在那里少用一块皮子，
换上一块金色的装饰，
这样出活又快，又能卖个好价钱。"
"……"

"不是我说呀，爸爸，
您这样永远也发不了财。"
"……"

"爸爸，您做的鞋子都过时了！
干脆把鞋店交给我吧，
我一定给您挣大钱。"
"……"

森贝尔没有在意儿子的话，
依旧埋头做着鞋子。

最近，森贝尔和儿子艾迪
每天就是这个样子。

有一天，
国王发出了一则通告。
通告上是这样写的：

哪个鞋店能做出全国最棒的鞋子，
它就能成为"国王的鞋店"。

"等着瞧吧，
我一定让我们的鞋店
成为国王的鞋店！"

从那天起，
艾迪推掉了客人们的所有订单，
一门心思地给国王做起了鞋子。

不知不觉，十天过去了。

"我做好了！爸爸，您看！"

艾迪自信满满地把鞋子拿给爸爸看。

葡萄酒般的深红色皮子上，画着栩栩如生的金色狮子；

鞋子四周，镶嵌着闪闪发光的七色宝石；

鞋口周围，包裹着雪一般洁白松软的皮毛。

这是艾迪迄今为止做过的最漂亮的鞋子。

可是，森贝尔仅仅从眼镜框上方
瞥了那双鞋子一眼，
就又埋头做起鞋来。

"爸爸，我做的鞋子这么漂亮，
您为什么从来不夸我手艺好呢？"
"……"

"算了。全国的人，包括爸爸，
马上就会知道我做的鞋子有多棒！"
艾迪把自己做的鞋子
装到特别定制的鞋盒里，
送到了王宫。

国王面前摆满了全国的鞋匠送来的鞋子。

真不愧是为国王做的鞋子，
每一双都光彩夺目。
但是，其中有一双格外引人注目。
没错，那就是艾迪做的鞋子。

和艾迪做的鞋子相比，
其他鞋子就像和宝石相比的石块，都失去了光彩。

"这双鞋子太棒了！"
"我从来没有见过这么漂亮的鞋子！"
"这才称得上是'国王的鞋子'！"
看到艾迪做的鞋子，国王的随从们心里想。

"嗯……"
国王穿了一下这双鞋子，
然后，他把鞋子拿在手上，
想了想，说：
"叫做这双鞋子的鞋匠来王宫吧。"

第二天。

"爸爸，国王叫我去王宫。

我肯定被选为国王的鞋匠了。

我就要成为这个国家最棒的鞋匠啦！

有我这样的儿子，爸爸您不觉得骄傲吗？"

艾迪穿上漂亮的衣服，得意扬扬地说。

"……"

森贝尔把他刚刚做好的鞋子
整整齐齐地摆到艾迪脚边，
接着，就像往常一样，又开始做下一双鞋子。
"啊？爸爸，这双鞋子原来是给我做的？
可是，作为全国最棒的鞋匠的我……"

"……怎么会穿这么普通的鞋子呢？"

艾迪刚要这么说，想了想，还是把这句话咽了回去。

"算了，我就在刚出家门时穿一穿吧。"

艾迪这么想着，穿上了爸爸给他做的鞋子。

他走出鞋店，沿着大街，一路昂首挺胸地向王宫走去。

"我可是全国最棒的鞋匠！
从明天起，我就要给国王做鞋子啦，
我做的鞋子一定大受欢迎。
……对了，其他国家的国王肯定也会请我做鞋子。"
艾迪觉得，大街上来来往往的行人都在注视着自己。

"哎？"

就在马上要来到王宫门前的时候，
艾迪忽然意识到一件不得了的事情。

艾迪又试着往前走了几步。
然后，他又跑一跑，突然又停一停，
再跳一跳，又转了几圈。

爸爸给他做的这双鞋子，
也就是这双他今天早上才刚刚穿上的新鞋，
意外地轻柔地包裹着他的双脚，
就像穿了很多年一样。
艾迪不禁赞叹道："没想到，
这双鞋子这么舒服啊！
就连我这个全国最棒的鞋匠，
都感觉好像没穿鞋子一样。"

"真是穿着舒服的好鞋子啊……"
艾迪慌忙脱下一只鞋子，他把鞋子捧到手里，仔细端详着。
森贝尔做鞋子很用心，
皮子的厚度、软度，以及缝的每一根线，
都充分考虑了穿鞋人的感受。

艾迪忽然明白了些什么。
"最近，我做鞋子时，
有没有把穿鞋人的感受放在心上呢？"

艾迪光着脚来到国王面前，
他小心翼翼地捧着刚才自己穿的鞋子。
看到艾迪的样子，国王的随从们都瞪大了眼睛。

国王对艾迪说：
"艾迪，你做的这双鞋子很棒。
正因为太棒了，所以，我不打算穿，
想把它当成装饰品。"
"不穿……"
这对做鞋子的人来说，是最遗憾的事情。

"国王陛下！"

沮丧的艾迪对国王讲起了自己捧着的这双鞋子，

"我的手艺远远比不上我父亲。

我想像我父亲一样，把穿鞋人的感受放在心上，

用心去做出这样的鞋子。"

"嗯，说得好！

那么，我就等着了。"

国王听完艾迪的话，微微一笑，使劲点了点头。

"好，谢谢您！"

艾迪深深地行了个礼，

然后，他抱着鞋子，离开了王宫。

"爸爸，求您了。
我也想做出这样的鞋子！"
艾迪从王宫回来，
对正在店里做鞋的爸爸说。

"……"

森贝尔停下手里的活，
从眼镜框的上方瞧着艾迪。
光着脚的艾迪紧紧抱着鞋子，气喘吁吁。

"……"

森贝尔微微一笑，心里十分高兴。
他让艾迪坐到了平日自己做活的位子上。

从此以后，艾迪一边考虑着穿鞋人的感受，
一边勤勤恳恳地做起鞋子来。

在小镇上工作的人穿的鞋子，
在田野里耕地的人穿的鞋子，
爬山的人穿的鞋子，
旅行的人穿的鞋子，
孩子出生后穿的第一双鞋子，
老年人穿的鞋子……
艾迪一边用心想着这些，
一边勤勤恳恳地做着鞋子。

不久以后，艾迪也开始为国王、王后、
王子和公主做起了鞋子。

看啊！全国最棒的鞋店——小鞋匠和老鞋匠的鞋店，

今天，迎来了国外的顾客……

本书插图中出现的文字系乌托邦王国的文字，参考答案如下：

ϤႮ (鞋子) ϤΕϤ (明户・地名) ϤϤჀჀႮϤ (穿着舒适) ႮϤϤϤϤ (乌托邦) ႮႮϤϤ (王国) ϤϘ (盘子) ϤႮϤϤϤ (手帕) ϤϤϤϤϾϾϤ ϤϤϤ (登山靴) ϤႮϤ (宽) ϤϤϤ (高

ϤϤϤ (谷井田・地名) ϤϤϤ (期限) 10ϤϤ (10天) ႮႮϤϤ (公主) ϤϤϤ (砂砾) ϤϤϤ (鞋后跟) ϤႮϤ (暖和) ϤϤ (褶皱) ϤϤϤϤ (朋克) ϤϾϤ (优雅)

更多乌托邦文字的解读方法，请参看本书的姐妹篇《小王子的新装》（同属"心灵教科书绘本系列"），其前后环衬附有乌
托邦文字解读表及答案，会有更多惊喜等你发现！

作者的话

《小鞋匠和老鞋匠》，这个乌托邦王国的故事有意思吗？
把穿鞋人的感受放在心上，用心做鞋，
这是理所当然的，也是非常重要的，艾迪终于认识到了这一点。
现在，我们来聊一聊这个故事背景的所在地——乌托邦王国吧。

从空中俯视乌托邦王国，它的北面是广阔的森林，森林对面是连绵的山脉；
西面是平缓的丘陵，有很多富饶的田地；
东面有一条大河，河边是广阔的平原，种着很多庄稼；
南面是大海，能看到闪闪发光的海洋和海平线。
是的，乌托邦王国是一个拥有丰富自然资源的美丽国度。

王宫所在的都城，是一座生机勃勃的城市。
王宫里生活着威尔斯国王、艾米丽王后、鲁卡斯王子和佩乌斯公主。
威尔斯国王既善良又豁达，他希望乌托邦王国的人们生活得充实、幸福。
这个国家所有的国民，都喜欢国王和自己生活的乌托邦王国。
你想去乌托邦王国看一看吗？

好，敬请期待下一个故事吧。

图书在版编目（CIP）数据

小鞋匠和老鞋匠 /（日）楠茂宣著；（日）泽野秋文
绘；田秀娟译. -- 北京：海豚出版社，2021.1（2023.1重印）
（心灵教科书绘本系列）
ISBN 978-7-5110-5430-2

Ⅰ. ①小… Ⅱ. ①楠… ②泽… ③田… Ⅲ. ①儿童故
事—图画故事—日本—现代 Ⅳ. ① I313.85

中国版本图书馆 CIP 数据核字（2020）第 222792 号

著作权合同登记号　图字：01-2020-5865 号

UDENO IIKUTSUYA

Copyright © 2018 Shigenori Kusunoki & Akifumi Sawano.
Original Japanese edition published in 2018 by Froebel-kan Co., Ltd.
This Simplified Chinese edition is published by arrangement with Froebel-kan Co., Ltd., Tokyo
through Future View Technology Ltd.
Simplified Chinese translation copyright © 2021 by Beijing Tianyu Beidou Culture Technology Group Co., Ltd.
All rights reserved.

本书简体中文版权由北京天域北斗文化科技集团有限公司取得

心灵教科书绘本系列：小鞋匠和老鞋匠

〔日〕楠茂宣 / 著　　〔日〕泽野秋文 / 绘　　田秀娟 / 译

出版人	王磊	邮　编	100037
策　划	丁虹	电　话	010-68325006（销售）　010-68996147（总编室）
责任编辑	梅秋慧　郭雨欣	印　刷	北京尚唐印刷包装有限公司
特约编辑	丁虹　滑胜亮	开　本	889 毫米×1194 毫米　1/16
装帧设计	卫萌倩	印　张	2
责任印制	于浩杰　蔡丽	字　数	20 千字
法律顾问	中咨律师事务所　殷斌律师	版　次	2021 年 1 月第 1 版　2023 年 1 月第 3 次印刷
出　版	海豚出版社	标准书号	ISBN 978-7-5110-5430-2
地　址	北京市西城区百万庄大街 24 号	定　价	59.80 元